AF200212

Die Kunst

der

Bestechung

IMPRESSUM

2017 - Manfred Breddermann

1. Auflage

ISBN: 9 783744848831

Herstellung und Verlag:

BoD - Books on Demand, Norderstedt

Alle Rechte liegen beim Autor

Die Kunst der Bestechung

Die Geschäfte und die „Püppis" meines Onkels

Manfred Breddermann

INHALTSVERZEICHNIS

Einführung

Mein Onkel war schon ein außergewöhnlicher Mensch. Nicht im üblichen Sinn, es war seine Fähigkeit, Möglichkeiten zu erkennen und zu nutzen, sein Geschick, etwas Vorhandenes immer weiter zu vermehren.

Dabei war er im Grunde ein ganz normaler Mensch mit Schwächen und Wünschen, besonders empfindsam und eher schüchtern. Aber er hatte den starken Willen, seine Wünsche auch erfüllt zu bekommen.

Er ging davon aus, dass der Drang nach Wunscherfüllung auch bei seinen Mitmenschen vorhanden ist. Er überlegte, was passieren würde, wenn er die Wünsche anderer befriedigt, allerdings nicht aus Großzügigkeit, sondern aus der Folge: Gebe ich Dir, so gibst Du mir.

So begann er mit kleinen Geschenken und hatte Erfolg damit. Mit der Vergrößerung seines Unternehmens wurden auch seine Geschenke immer größer. Er war davon überzeugt, dass jeder Mensch besondere Schwächen, beziehungsweise besondere Wünsche hat, und die musste man herausfinden.

Dabei wurde ihm auch bewusst, dass sich die Tendenz der Wünsche mit den Jahren verändert. Waren es in den Nachkriegsjahren vor allem hochwertige Haushaltsgeräte, die gut ankamen, stand jetzt das Auto im Vordergrund.

Das war für meinen Onkel Anlass genug, neben seinem Bauunternehmen ein Autohaus zu betreiben. Preisnachlässe wurden als Geschenke gern angenommen und waren zudem auch unauffällig.

Aber wie kann man einen Geschäftspartner beglücken, der bereits sein Wunschauto besitzt? Auch darauf hat sich mein Onkel bald eingestellt. Für den Familienmenschen gab es die Strandvilla am Mittelmeer bei St. Tropez für einen preisgünstigen Urlaub.

Für die Frauenliebhaber gab es wahlweise die Waldhütte oder das Appartement in der Stadtmitte. Von diesen Möglichkeiten machte auch mein Onkel selbst häufig Gebrauch.

Die Gunst der Frauen war für meinen Onkel das Wichtigste in seinem Leben. Ich glaube, dass sein Antrieb für Reichtum und Geltung wesentlich zum Ziel hatte, besonders attraktiv auf Frauen zu wirken.

Und für Frauen hatte er immer ganz besondere Geschenke. So flog er eigens nach Wien, um dort exklusive Damenhandtaschen zu kaufen.

Sein geschäftlicher Erfolg war wirklich außergewöhnlich. Innerhalb weniger Jahre hat er sich ein kleines Imperium geschaffen. Von seinem Vater übernahm er nur eine kleine Zimmerei, die er zu einem renommierten Bauunternehmen ausbaute. Dazu kamen fünf Autohäuser und einige Wohnhausblöcke.

Zweifellos war dieser Erfolg von Bestechung geprägt. Er selbst hat das aber nie so gesehen. Es war für ihn die zeitgemäße Geschäftsmethode, die er lediglich mit seinem Können perfektioniert hat.

Die Erpressung

Mitten in der Nacht schrillt das Telefon. Noch halb benommen hebe ich den Hörer ab: „Sagen Sie Ihrem Onkel, ich meine es ernst, er soll an seine Familie denken". Mehr sagte der Anrufer nicht, aber es reichte, mich zu schockieren.

Meine Frau war jetzt auch aufgewacht und sah mich ängstlich an. „Es war der Erpresser" sagte ich und fing an zu grübeln. Was meinte er mit „Familie", zählen wir da auch zu? Ich dachte an meine Tochter, die genau so alt war wie die Tochter meines Onkels, könnte der Erpresser die beiden verwechseln? „ Jetzt sind wir auch in Gefahr, wir müssen sofort etwas tun", das waren wenig tröstende Worte für meine Frau, es begannen unruhige Zeiten für uns.

Ich versuchte sofort meinen Onkel zu erreichen, aber er ging nicht ans Telefon. Wahrscheinlich hatte er auch das Telefon über Nacht ausgeschaltet, tagsüber war eine Fangleitung installiert. Nun versuchte meine Frau, mich etwas zu trösten: „Das kann doch auch der Grund sein, warum er bei uns anruft, ohne von uns direkt etwas zu wollen".

Sobald es hell wurde suchte ich meinen Onkel auf. „ Der Erpresser hat diese Nacht bei mir angerufen, ich soll Dir bestellen, dass er es ernst meint", informierte ich ihn. „Na und, dass war mir auch so schon klar. Hat er sonst noch etwas gesagt?" Ich schluckte kurz: „Du sollst an Deine Familie denken", sagte ich dann zögernd. Ich ahnte, was jetzt kam, mein Onkel sackte zusammen und wurde sehr blass. Mit diesem Hinweis auf seine Familie, hatte er wohl nicht gerechnet. „Dann müssen sofort die Kinder von hier verschwinden" bestimmte er, nachdem er sich wieder einigermaßen gefangen hatte.

Dann fing er sofort an zu telefonieren. Nach einigen Telefongesprächen informierte er kurz meine Tante und wies sie an, die notwendigen Sachen zu packen und mit den Kindern noch am Vormittag loszufahren. Wohin würde er ihr erst bei der Abfahrt sagen. „Wenn deine Tochter auch mitfahren soll, musst Du dich beeilen", sagte er abschließend zu mir und schickte mich los. Meine Tante fuhr noch am gleichen Vormittag mit den Kindern zu weiter entfernt wohnenden Bekannten.

Wer war der Erpresser? Er hatte sich drei Nächte vorher bei meinem Onkel angekündigt. Als es zweimal in dieser Nacht sehr laut geknallt hatte, suchte mein Onkel noch schlaftrunken die Wohnung ab. Alle Fenster waren geschlossen und es war auch nichts umgefallen, wie er zunächst vermutet hatte. Als er zur Haustür schlich, war die zwar auch geschlossen, aber sie hatte zwei Löcher. Da wurde ihm erst klar, was er gehört hatte: Es waren zwei Durchschüsse mit einer Pistole oder mit einem Gewehr.

Vorsichtig öffnete er die Haustür einen Spalt breit. Der Eingangsweg und die Treppe waren durch die Straßenlaterne beleuchtet. So konnte er sicher sein, dass sich hier niemand mehr aufhält. Er öffnete die Tür nun ganz und fand auf dem Treppenpodest ein Papierblatt mit aufgeklebten Buchstaben. „Du schuldest mir 28.000 DM, zahle jetzt, wie, erfährst Du später", dies ergab sich aus den zusammengestellten Buchstaben. Die herbei gerufene Polizei durchkämmte die Umgebung, aber ohne Erfolg. Auch konnten keine weiteren Spuren von dem Erpresser festgestellt werden.

Das Eigentümliche an dieser Erpressung war die geringe Forderung von 28.000,- DM. War diese Summe nur ein taktischer Einstieg für weitere Forderungen, oder tatsächlich die Begleichung einer alten Schuld, wie im Erpressungsbrief behauptet? Mein Onkel wies zwar entschieden zurück, irgendjemandem diesen Betrag zu schulden. Überzeugt hat mich das allerdings nicht.

Es gab für mich schon einige Indizien, die auf eine alte Schuld hinweisen könnten. Da war zunächst der „krumme" Betrag in einer Höhe, in der man sich eine Schuld vorstellen kann. Und da war diese Stimme des Erpressers. Ich war zwar noch schlaftrunken, als er am Telefon zu mir sprach, aber mir blieb in Erinnerung, dass diese Stimme nicht nur sympathisch und freundlich klang, sondern mir auch irgendwie vertraut vorkam. Das mag aber auch an meiner Erwartungshaltung gelegen haben, wonach Erpresserstimmen verfälscht sind oder kalt und bestimmt klingen. Auf jeden Fall kannte er unsere Familien. Er musste also aus dem familiären oder aus unserem engeren geschäftlichen Umfeld kommen.

Mein erster Verdacht

Mein erster Verdacht fiel auf unseren Platzmeister und Werkstattleiter Herrn N. Dem traute ich wirklich alles zu. Er war ein durchtriebener Alleskönner, der Problemlöser meines Onkels. Es gab nichts, was er nicht schnell besorgen konnte und das war für einen Baubetrieb häufig wichtig. Mir gefielen aber vor allem nicht seine Einkäufe von Baugeräten und Ersatzteilen, ich war mir sicher, dass er hier seine eigenen Geschäfte machte. Er hatte überall seine Freunde, selbst bei der Polizei. Wenn ein großer Kran umgesetzt wurde, regelte er selbst den Verkehr mit Polizeimütze und Leuchtkelle. Seine Hilfsbereitschaft und seine charmante Freundlichkeit machten Ihn beliebt und unentbehrlich. So blieb er auch ungeschoren, als er eine minderjährige Angestellte verführte. Die Kleine liebte ihn und hielt dicht, man konnte ihm nichts nachweisen.

Sicherlich spürte er meine innere Ablehnung gegen ihn und war bemüht mich bei Laune zu halten. An einem Sonntag rief er mich an, ich möchte mal zum Lagerplatz kommen, er hätte da was für mich. „Jetzt kannst Du mal den Rennfahrer spielen, aber sei vorsichtig das Ding ist schnell" begrüßte er mich als ich dort ankam. Er hatte, woher auch immer, einen Ferrari Rennwagen besorgt. „Setz Dich ans Steuer, damit Du mal ein richtiges Auto kennen lernst". Warum nicht, einen Ferrari Boliden zu fahren, ist schon etwas Besonderes. Ich schaltete den Motor an und gab ganz vorsichtig Gas. Aber das reichte schon, der Wagen schoss wie eine Rakete los. Nur mit Mühe konnte ich ihn bremsen und ihn abwürgen. Herr N. grinste nur und zeigte mir, wie man mit solch einem Ding umgeht. Auf dem Lagerplatz gab es zwar nur kurze Fahrstrecken, aber es war für mich schon ein Erlebnis, Herr N. hatte mich beeindruckt. Das er für dieses Spielchen für die An- und Abfahrt unseren Tieflader benutzte, regte Niemanden weiter auf.

Wie bereits gesagt, Herr N. konnte alles besorgen, für ihn gab es keine ungelösten Probleme. Auf dem Rückweg von einer Gerätebesichtigung blieben wir einmal nachts auf der Autobahn liegen. Der Tank war leer, ebenso der Kanister im Kofferraum. Was nun, weit und breit war weder eine Tankstelle noch ein Haus zu sehen. Herr N. verschwand mit dem leeren Kanister in der Dunkelheit. Nach etwa einer Viertelstunde tauchte er wieder auf, mit einem vollen Kanister. Wie er das Benzin besorgt hat, verschwieg er mir. Vermutlich hatte er irgendwo ein abgestelltes Auto gefunden und das Benzin abgezapft. Es war mir aber auch egal, Hauptsache war, wir konnten nach Hause fahren. Ob Herr N. auch der Erpresser sein könnte, war schwer zu beurteilen. Ich wusste auch, dass er Schusswaffen besitzt und Risiken keine Probleme für ihn sind. Aber warum sollte er meinen Onkel erpressen, der ihm so viel freie Hand ließ? Und konnte er seine Stimme so verstellen, dass er am Telefon nicht zu erkennen war?

Erst geben, dann nehmen

Aber das machte die Suche nicht einfacher. Das geschäftliche, aber auch das private Umfeld meines Onkels waren äußerst vielgestaltig und seine Geschäftsmethoden eher dubios. In einem graphologischen Gutachten wurde ihm unterstellt, „über Leichen gehen zu können". Aber das trifft nicht so sehr auf seinen Charakter zu. Man könnte zutreffender sagen, dass er die Schwächen anderer, sehr geschickt für sich ausnutzen konnte. Immer wieder hat er mich belehrt: "Wenn Du erfolgreich sein willst, musst Du Dich zuerst beliebt machen, jeder Mensch hat seine Schwachstellen, und da musst Du ansetzen".

Im Klartext heißt dass. wenn du von jemandem etwas willst, finde heraus, welche unerfüllten Wünsche er hat. Erfüll diese Wünsche durch Geschenke oder durch sonstige Hilfen und er wird sich dir erkenntlich zeigen. Erst geben, bevor du nimmst, klingt fast nach einer edlen Gesinnung, ist aber in Wirklichkeit die perfekteste Bestechung. Mein Onkel hat den Begriff Bestechung aber nie gelten lassen, für ihn war ausschlaggebend, dass jeweils beide Seiten den gewünschten Vorteil hatten.

Die sehr beachtlichen Geschäftserfolge meines Onkels basieren wesentlich auf dieser „Lebensweisheit". Natürlich gehörten auch großes Können und viel Fleiß dazu. Von seinem Vater übernahm er ein kleines Zimmereigeschäft und baute es in wenigen Jahren zu einem großen Bauunternehmen aus. Er beteiligte sich an einem kleinen Autohaus, erweiterte es und übernahm es dann als Inhaber. Nacheinander folgten dann vier weitere Autohäuser. Dazu entstanden einige Geschäftshäuser und Wohnhausblöcke.

Wie bei manch anderen expandierenden Unternehmen spielten hier auch die möglichen Steuerersparnisse eine große Rolle. Nachdem das Bauunternehmen „gut lief" und größere Gewinne machte, wurde in einen Neubau oder in ein Autohaus investiert. Bei den Neubauten wurde der mögliche Spielraum zwischen Abrechnung und Baukosten genutzt. Beim Bau der Autohäuser entstanden so zwei Vorteile: Das Autohaus erhielt zur Starthilfe ein besonders preisgünstiges Gebäude und das Bauunternehmen musste weniger Gewinn versteuern.

Für den Einstig in das Autogeschäft hatte mein Onkel auch noch andere Gründe. Zum einen war er selbst ein Autofan, noch wichtiger war ihm jedoch, zeitgemäße Geschenke machen zu können. Er erklärte mir das so:

„Die geheimen Wünsche verändern sich mit den Jahren. Stand bisher der Kühlschrank oder die Waschmaschine auf dem Wunschzettel, so ist es heute das Auto, von dem viele träumen"

Das geschenkte Auto

In der Praxis sah das zum Beispiel so aus: Nachdem wir im Hochbau als eine renommierte Firma galten und bei allen Ausschreibungen berücksichtigt wurden, wollten wir auch Brücken bauen. Bei öffentlichen Ausschreibungen hatten wir keine Chancen, da dominierten die Großfirmen, und beschränkte Ausschreibungen erhielten wir nicht. Wir waren keine Brückenbaufirma. Alle Versuche scheiterten, das Bauamt zu überzeugen, dass wir doch sehr gute Betonbauer sind und viele anspruchsvolle Bauvorhaben nachweisen können. Wir mussten uns etwas Besonderes einfallen lassen.

Auf den dafür verantwortlichen Leiter setzte mein Onkel einen seiner Autoverkäufer an. „Wir tauschen unsere Autos, sie erhalten mein Auto und ich nehme Ihren Wagen in Zahlung". „Wunderschön, Ihr Auto ist tatsächlich mein Wunschauto, aber ich werde leider die Zuzahlung nicht aufbringen können", resignierte er. „Vielleicht doch" erwiderte der Verkäufer. „Sehen Sie, für mich als Verkäufer kommt es darauf an, möglichst viele Autos zu verkaufen, darin liegt mein Verdienst. Diesen Wagen hätte ich schon längst verkaufen müssen, wie wäre es mit einer Zuzahlung von 3.000,- DM?"

Nach etwas grübeln: „Das hört sich nicht schlecht an, aber auch 3.000,- DM fallen mir schwer". „Schade, das wäre ein fairer Preis, aber gut, dann teilen wir uns die Summe". Er kämpft mit sich, ein neues Auto war an sich noch gar nicht geplant, aber so günstige Konditionen gibt es nicht alle Tage. So ringt er sich durch und unterschreibt den Kaufvertrag.

Dass er ein fast neues Vorführauto zum halben Preis erhielt, wurde ihm erst viel später bewusst. Aber auch als ihm der Zusammenhang klar wurde, konnte er sich von seinem neuen Auto nicht mehr trennen. Nach einiger Zeit erhielten wir dann auch beschränkte Ausschreibungen und durften jetzt Brücken bauen. Mein Onkel würde jetzt wahrscheinlich kommentieren. „Was heißt hier Bestechung, wir haben nur das bekommen, was uns auch zustand, und er ist glücklich mit seinem neuen Auto"

Preisnachlässe beim Autokauf machen nicht nur besondere Freude, sie sind auch die unauffälligsten Geschenke. Mein Onkel konnte mit diesen Geschenken recht viele beglücken. Einmal kehrte er allerdings das Ganze um: Als einmal in der Firma einiges schief lief, benutzte er das Auto als Strafe: Von heute auf morgen mussten alle Angestellten ihr Dienstfahrzeug abgeben und jeder durfte nur noch den einfachsten Opel Kadett fahren und der war damals noch ein dürftiges Kleinauto. Unser ältester Prokurist war dadurch so sauer, dass er sich krank meldete, er hätte schlimme Kreuzschmerzen durch das Fahren im Kadett. Er durfte dann auch bald wieder ein größeres Auto fahren.

Was ist Bestechung

Was ist bereits eine Bestechung und wo hört freundliches Entgegenkommen auf? Im Grunde ist die Bestechung lebenskonform. Wenn wir etwas erreichen wollen, müssen wir uns entsprechend verhalten. Das kann ein teures Geschenk sein oder auch nur ein Lächeln. Eine esoterische Weisheit besagt: „Wenn Du den Geldzufluss zu Dir in Gang setzen willst, musst Du selbst zunächst Geld ausgeben". Auch mit einer Bitte will ich jemanden beeinflussen, für mich etwas zu tun. Wenn Martin Luther in seiner Not, Gott anflehte, ihm das Leben zu erhalten und als Gegenleistung versprach, in seinem weiteren Leben für Gott zu kämpfen, ist das nicht auch schon ein Bestechungsversuch?

Das entspricht aber nicht unserer Auffassung von Bestechung. Wir verbinden den Begriff eher mit der Bezeichnung „Korruption", und das ist für uns in jedem Fall eine strafbare Handlung. Die strafbaren Tatbestände sind im Strafgesetzbuch ausführlich definiert, mit entsprechenden Haftstrafen oder Bußgeldern belegt.

Daran gemessen, waren die Geschäftsmethoden meines Onkels sicherlich nicht frei von kriminellen Machenschaften. Aber er hat in seinem Tun, zu keiner Zeit etwas Verwerfliches gesehen. Nicht nur deshalb, weil viele Andere ähnlich handelten, er war überzeugt es besonders professionell zu machen. Und professionell hieß für ihn, keinen Dritten zu schädigen und, darauf hat er besonders geachtet, niemals Forderungen zu stellen. Ob er damit im Ernstfall straffrei geblieben wäre, sei dahingestellt. Diese Einstellung trug aber dazu bei, von Konflikten mit dem Gesetz verschont zu bleiben, es gab Niemanden, der ihn verklagen konnte.

Die Geldübergabe

Oder doch? Es war nicht auszuschließen, dass der eine oder andere sich von meinem Onkel übervorteilt fühlte. Möglicherweise reichte das aber nicht aus, um die beanspruchte Forderung einzuklagen. Die Erpressung könnte ein Ausweg dafür sein. Jedenfalls machte der Erpresser weiter. Per Telefon bestimmte er Ort und Zeit der Geldübergabe.

Die damalige Technik reichte nicht aus, um den Ort des Anrufers fest zustellen. Wir hatten jetzt zwar seine Stimme auf Band, aber die kannte ich ja schon und identifizieren konnte sie jetzt trotzdem niemand. Kurz nach diesem Anruf meldete er sich wieder, diesmal im Büro. „Wenn du mit der Übergabe ohne Polizei einverstanden bist, hänge ein weißes Tuch über das „B" auf dem Dach des Ausländerwohnheims". Das „B" war ein Teil unseres Namens, der auf dem Dach des sechsstöckigen Wohnheims installiert war. Gut gewählt, das konnte man aus weiter Entfernung erkennen. Auch im Büro hatten wir eine Fangschaltung installiert, jedoch auch ohne weiteren Erfolg. Es war für alle eine aufregende Zeit.

Die Polizei überwachte Büro und Wohnhaus über Tag und Nacht. In dieser angespannten Situation passierte dann auch noch etwas

Schreckliches: Der Wachmann des Wohnhauses erlitt einen tödlichen Herzinfarkt. Er war gerade von seiner Nachtschicht abgelöst worden und auf dem Weg zu seinem Auto. Am Gartentor fiel er tot um. Ob ihn irgendetwas erschreckt hatte, konnte man nicht feststellen. Die Polizei untersuchte den Todesfall nicht weiter.

Nun stand die Geldübergabe bevor. Sonntag, zwei Uhr nachts war der Termin und der Übergabeort war die Hasper Talsperre. Dort war das Geld in einer schwarzen Tasche auf der zweiten Bank von der Zufahrt her, abzulegen. Einige Stunden vorher wurden 20 Polizisten in Tarnanzügen rund um die Talsperre postiert. Dann kam der spannende Moment, ein Polizist in der Kleidung meines Onkels machte sich auf den Weg und stellte die Tasche, wie gewünscht auf die bestimmte Bank.

Der verkleidete Polizist kam langsam wieder zurück und setzte sich wie vorher auf den Platz am Steuer. Mein Onkel und ich saßen geduckt auf den Rücksitzen und bewegten uns nicht. Ein Seitenfenster hatten wir etwas geöffnet. Aber wir hörten gar nichts, kein Knacken und auch kein Rauschen der Blätter. Hier oben herrschte absolute Stille. Und sehen konnten wir auch nichts, auch der Himmel war dunkel, nur stockfinstere Nacht. Richtig ideal, um unbemerkt an die Tasche heranzukommen. Aber es tat sich nichts. Wir warteten ziemlich nervös bis zum frühen Morgen. Die Tasche stand noch am andern Morgen immer noch unberührt auf der Bank.

Nun begann das große Rätselraten, hatte der Erpresser etwas mitbekommen, oder war er so schlau, dass er mit dem Polizeieinsatz schon gerechnet hat? Aber warum dann diese ganze Aktion? Hatte er mitbekommen, dass in der Tasche kein Geld war? Ich machte mir so meine eigenen Gedanken. Wollte der Erpresser überhaupt das Geld, oder wollte er nur meinen Onkel unter Druck setzen und ihm Angst machen? Vielleicht ein Racheakt? Ich konnte mir so Recht nicht vorstellen, dass der Erpresser aus dem geschäftlichen Umfeld kommen sollte. Sicherlich gab es schon Konkurrenten, die sich benachteiligt fühlten, aber sie würden kaum so reagieren.

Die Geldübergabe war geplatzt, was würde dem jetzt folgen? Ich rechnete damit, dass der Erpresser sich bald wieder melden würde und einen neuen Übergabetermin an einem anderen Ort bestimmt. Aber er ließ uns warten, das Rätselraten ging weiter. Bei meinen Überlegungen tauchte nun wieder unser Platzmeister Herr N. auf. Bei allen Abstimmungen mit der Polizei und den Vorbereitungen für die Geldübergabe war Herr N. der Dreh- und Angelpunkt, er war hier der Macher. Hatte er die ganze Erpressung eventuell nur inszeniert, um sich wichtig und unentbehrlich zu machen? ähnlich einem Feuerwehrmann, der einen Brand legt, um sich beim Löschen hervor zu tun? Ich wollte es nicht glauben, aber zu getraut hätte ich es ihm. Irgendwelche Nachweise gab es nicht, so blieb alles weiter dubios.

Die Gunst der Frauen

Ich war überzeugt, der Erpresser muss aus dem privaten Umfeld kommen. Und dieses Umfeld war weit gefächert. Es bestand nicht nur aus Familie und Freunden, sondern auch aus den vielen Frauen, die mein Onkel „beglückt" hatte. Dieser diffizile Bereich ist für Konflikte sehr anfällig. Ein Racheakt aus verschmähter Liebe oder Untreue war hier schon denkbar.

Die Gunst der Frauen bedeutete meinem Onkel fast noch mehr als geschäftliche Erfolge. Er war zwar intelligent und erfinderisch, hatte Charme und Witz, aber seine äußere Erscheinung war nicht besonders attraktiv. Da halfen ihm seine Möglichkeiten, hochwertige Geschenke zu machen oder auch gut bezahlte Arbeitsstellen zu vermitteln. Im Kundendienst seiner Autohäuser waren gut aussehende Damen sehr geschätzt. So konnte er seine privaten Interessen sogar geschäftlich nutzen. Zusätzlich nutzte er diese Damen auch als unauffällige Informationsquellen. Den Geschäftsführern war dieser Hintergrund wohl schon bewusst, sie richteten sich darauf ein. Bei den Verkäufern gab es aber einige Male größere Probleme. Die Damen waren ja keine „braven Lämmer", sonst wären sie kaum eine Freundin meines Onkels geworden. Die „Freundlichkeit" dem Kunden gegenüber lag im Interesse des Geschäfts, aber mit dem eigenen Personal durfte es keine intimen Freundschaften geben. Wer sich nicht daran hielt, wurde versetzt oder auch entlassen.

An seinem Arbeitssitz, in seinem Bauunternehmen, war er in dieser Beziehung eher konservativ eingestellt. Hier legte er mehr Wert auf Leistung und Vertraulichkeit, wobei er für wichtige Vertrauensposten Frauen bevorzugte. Seine Telefonistin war sogar mehr unansehnlich als schön. Aber sie hatte eine äußerst angenehme Stimme, mit der sie den Anrufer regelrecht betören konnte. Der wiederum enttäuscht war, wenn er sie beim nächsten Besuch auch sah.

„Wenn du von jemanden etwas willst, musst Du zunächst seine Wünsche befriedigen", dieser Leitgedanke galt für meinen Onkel auch im privaten Bereich. So ging er mit seinen „Püppis", wie er seine Frauen nannte, in Modehäuser und ließ sie ein schickes Kleid oder Ähnliches aussuchen. Am wirkungsvollsten schien ihm wohl, besonders schöne Handtaschen zu verschenken. So flog er eigens nach Wien, um dort zehn exklusive Handtaschen einzukaufen.

Die erste davon verschenkte er bereits beim Rückflug seiner Nachbarin im Flugzeug. Wie erfolgreich er damit war, musste er mir unbedingt berichten. Diese Dame hatte ihm sogar einen Dankesbrief geschrieben, wie gut er doch im Bett gewesen sei. Das las er mir vor und er setzte noch einen drauf: Er hätte sie zum Essen eingeladen, worauf sie dann fragte: „Erst essen, dann ins Bett, oder umgekehrt". Da könnte man schon fast neidisch werden.

Ich musste aber noch mehr über mich ergehen lassen: Mehrmals durfte ich seine „Püppis" abholen und sie ihm zuliefern. Stillschweigend saßen sie dann neben mir, ich wusste nichts worüber wir uns unterhalten konnten. Es war für mich eine makabre Situation. Einerseits hatte ich das Gefühl, ich führe Schlachtvieh zum Metzger, andrerseits bestand das „Schlachtvieh" aus sehr hübschen Exemplaren und roch dazu noch besonders gut. Zudem waren sie meist in meinem Alter und mein Onkel war zwanzig Jahre älter. Sicherlich hätte mir mein Onkel gerne eine seiner „Püppis" abgetreten, aber er wusste genau, dass dies nicht mein „Junger" war. „Junger" war sein Lieblingswort, das er in allen möglichen Varianten verwendete

Meine sonderbare Freundin

Allerdings kam es früher doch schon einmal in diesem Zusammenhang zu einer Kollision zwischen meinem Onkel und mir. Es war während meines Studiums. In den Semesterferien hatte ich zunächst auf den Baustellen zum Nachweis meines Praktikums auch „praktisch" gearbeitet. In diesem Jahr durfte ich dann im Büro mitwirken.

Entgegen dieser Vereinbarung schickte mich mein Onkel aber wieder auf die Baustelle. „Du musst noch einmal den Ernst des Lebens kennen lernen" war seine Begründung. Ich konnte damit nichts anfangen, aber ich ging wieder auf die Baustelle. Dort empfing mich grinsend der Polier „Ich habe den Auftrag, Dir die dreckigste Arbeit auf zu brummen. Aber ich bin ja nicht so, geh zu den Maurern und hilf bei der Verblendung der Außenwand".

Was das sollte wusste ich immer noch nicht, auch der Polier wusste von nichts, zumindest tat er so. Als mein Onkel das nächste Mal zur Baustelle kam, stellte ich ihn zur Rede, er möge mir doch bitteschön erklären, was das Ganze soll, offensichtlich bin ich ja wohl strafversetzt worden. Und dann kam die für mich überraschende Erklärung: „Ich habe gehört, Du willst heiraten, schlag Dir das aus dem Kopf, Du bist noch zu jung dafür". Ich hatte noch gar nicht ans Heiraten gedacht, und selbst wenn, was hatte mein Onkel damit zu tun? Da musste noch mehr dahinter stecken.

Als er meine Verwunderung bemerkte, ergänzte er: „Und wenn Du unbedingt heiraten willst, dann aber bitte nicht diese Tussi. Die ist doch das Letzte von einer Frau, dann kannst Du auch mit einem Brett schlafen". Jetzt dämmerte es bei mir allmählich. Meine derzeitige Freundin war zuvor eine seiner „Püppis" gewesen. Aber wieso wusste er etwas von meiner Freundschaft?

Auch das klärte sich bald auf. Besagte „Püppi" arbeitete im Architekturbüro Ihres Vaters. Zur Verbesserung der Auftragslage hatte sie wohl bei meinem Onkel „angeklopft". Und der hatte natürlich „zu gegriffen", aber sie dann wahrscheinlich hängen lassen. Ob sie mich dann als Ersatz aussuchte, oder ob sie mich doch gern mochte, das konnte ich nicht klären.

Ich hatte sie über eine frühere Klassenkameradin kennen gelernt, mit der sie befreundet war. Sie war etwas jünger als ich, und mit ihren langen schwarzen Haaren fand ich Sie schon sehr hübsch. Den Vergleich mit einem

Brett, konnte ich nicht ganz nachvollziehen, aber ich ahnte, was der alte Frauenkenner damit meinte. Besonders aktiv war sie in diesem Punkt wirklich nicht. Auf jeden fall hatte sie mich benutzt, um sich an meinem Onkel zu rächen. Sie rief ihn an und verkündete: „Wenn Du mich nicht mehr willst, dann heirate ich eben jetzt Deinen Neffen". So kann man nichts ahnend in eine brisante Affäre verwickelt werden.

Die besonderen Quartiere

Die von mir abgeholten „Püppis" brachte ich zu einem Treffpunkt, wo mein Onkel sie übernahm und mit Ihnen zu seiner Jagdhütte fuhr. Diese Hütte war mit allem Wohnkomfort eingerichtet und der Kühlschrank war immer gefüllt. Von der kleinen Terrasse hatte man einen weiten Ausblick auf die grüne Waldlandschaft. Die Hütte lag auf einer kleinen Anhöhe, ringsherum nur von Wald umgeben. Diesen Ort der absoluten Ruhe hätte ich gern auch für mich mal nutzen wollen. Aber ich durfte nur hin und wieder dort nachsehen, ob alles in Ordnung ist und eventuell für Nachschub sorgen. Erreichen konnte man die Hütte nur über einen circa einen Kilometer langen Zufahrtsweg, dessen Einfahrt aufbruchsicher blockiert war. Es war ein ideales Liebesnest, das auch einige Geschäftsfreunde meines Onkels gerne nutzten.

Aber auch mitten in der Stadt gab es eine private Wohneinheit. Im Stadtzentrum hatte mein Onkel ein eigenes Appartementhaus gebaut und ein Appartement für sich eingerichtet. Das nutzte er bei Bedarf selbst, „vermietete" es aber auch an besondere Bekannte. Vorübergehend durfte ich auch für einige Zeit darin wohnen. An einem Abend erlebte ich hier eine böse Überraschung. Ich war den ganzen Tag unterwegs gewesen, es war spät geworden und ich freute mich auf mein Bett. Ich fuhr mit dem Fahrstuhl in den vierten Stock und schloss meine Wohnungstür auf. Wieso brannte in meiner Wohnung das Licht? Hatte ich es vergessen auszuschalten oder war ich vor einer falschen Wohnung? Aber es war schon meine Wohnung und warum hier das Licht brannte, wusste ich dann auch: In meinem Bett lag ein „Pärchen", das sich intensiv mit sich selbst beschäftigte. Ich schloss sofort wieder die Tür, ohne dass ich von meinen „Gästen" bemerkt wurde. Übernachten durfte ich dann in einem Hotel.

Am anderen Tag entschuldigte sich mein Onkel bei mir, er wäre in einer Notlage gewesen. Ein wichtiger kommunaler Auftraggeber hätte ganz kurzfristig ein „Quartier" benötigt, und er hätte vergeblich versucht, mich darüber zu informieren.

Eine weitere private Wohneinheit richtete sich Onkel E. in einem seiner Autohäuser ein. Bei diesem Autohaus war das Verwaltungsgebäude zweistöckig gebaut. Im oberen Geschoß nahm er einen Flügel für sich in Anspruch. Er nahm das „Privat" genau wörtlich. Niemand durfte diese Wohneinheit betreten und ihn auch nicht stören, nur er hatte einen Schlüssel dazu. Hierher zog er sich tatsächlich häufig zurück. Er erklärte mir das so: „Es gibt Momente in denen ich Niemanden mehr sehen und hören möchte, ich brauche dann absolute Ruhe".

Das war schon verständlich bei seiner überaktiven Lebensweise. Aber so ganz überzeugt hat mich das nicht. Immerhin hatte er in den Autohäusern auch seine Püppis, und entspannen kann man sich auch zu zweit. Allerdings „vermietet" hat er dieses Domizil zu keiner Zeit.

Ich fragte mich manchmal, wie geht meine Tante H. mit diesen Eskapaden um? Darüber gesprochen hat sie nie, zumindest nicht in meiner Anwesenheit. Zweifellos hat sie das Meiste mitbekommen, was ihr Mann so treibt und hat sicherlich darunter gelitten. Ich fragte sie einmal ganz vorsichtig, wie sie das aushalten kann. Nach einem Seufzer sagte sie dann zu mir: „Weißt Du, ich habe ihn so geheiratet wie er nun mal ist und ändern kann ich ihn nicht mehr". Und resigniert fuhr sie fort: „Was bringt es ein, wenn ich ihn jetzt verlasse, die Kinder würden am meisten darunter leiden. Ich muss mich damit abfinden und kann auch damit leben. Natürlich liege ich manchmal nachts schlaflos im Bett und warte auf ihn. Aber ich bin dann schon froh, sein Auto zu hören und zu wissen, dass er überhaupt heil zurückgekommen ist".

Tante H. war die zweite Frau meines Onkels. Von seiner ersten Frau hatte er sich getrennt, angeblich weil sie keine Kinder bekommen konnte. Allerdings war dieses Problem an sich gelöst durch die Adoption eines Kindes, die Trennung ging wohl eher von ihr aus. Das adoptierte Kind blieb nach der Scheidung bei meinem Onkel. Es wurde gemunkelt, dass dieses Kind sein eigener Sohn aus einer anderen Beziehung sei, das blieb aber sein Geheimnis. Mit Tante H. seiner neuen Frau, zeugte er dann sehr zügig drei gemeinsame Kinder.

Das war die andere Seite seiner Einstellung zu Frauen. Seine „Püppis" waren für ihn Lustobjekte, seine eigene Frau eher ein „Gebärobjekt". „Achte darauf, dass Deine Frau immer ausreichend mit den Kindern und mit dem Haushalt beschäftigt ist, schade, dass es heute Waschmaschinen gibt". Nur so könnte ich verhindern, dass die Frau auf andere Gedanken kommt. Und mit den jetzt vier Kindern hatte er die Vollbeschäftigung von Tante H. sichergestellt.

Die Villa am Meer

Trotz allem war mein Onkel auch ein „Familienmensch", zumindest wusste er, was sich eine Familie wünscht, nämlich einen besonders schönen Urlaub, möglichst am Meer. So erwarben wir ein Grundstück am französischen Mittelmeer. Wir hatten großes Glück, dass zu diesem Zeitpunkt die örtliche Provinz einen Küstenstreifen zur Bebauung freigab. Der Bereich wurde bis dahin zum Weinanbau genutzt, der sich aber nicht mehr lohnte und aufgegeben wurde. Hier in der Bucht von Cavalaire, in der Nachbarschaft von St. Tropez, ließen wir dann eine attraktive Strandvilla errichten. Mit anderthalb Geschossen, in südländischem Stil gebaut, war sie ein ideales Urlaubsdomizil. Vom Gründstück kam man direkt an den Strand und ein paar Meter weiter plätscherte schon das Meer.

Nun konnte mein Onkel auch den Familien seiner Geschäftspartner eine Freude machen. Natürlich auch seiner eigenen Familie, aber das geschah nicht so oft, hauptsächlich wurde die Villa „vermietet". Während der Bauzeit konnte ich die schöne Gegend zwar häufig genießen, aber in der fertigen Villa verbrachten meine Familie und ich nur einen Urlaub. Für mich dauerte dieser Urlaub sogar nur zwei

Tage, mein Onkel bekam einen Kreislaufkollaps und ich musste zurück.

Das lag an seiner verrückten Marotte, keinen Urlaub nötig zu haben, Urlaub war für ihn eine vergeudete Zeit. Und das galt auch für mich, über mehrere Jahre gab es keinen Urlaub, bis auf einige verlängerte Wochenenden. Als ich dann einmal unbedingt darauf bestand, auch einmal die fertige Villa zu erleben, gab er „zähneknirschend" nach. Es ging ihm aber offensichtlich so gegen den Strich, dass er vor Ärger einen Kollaps bekam.

So verschenkt man Frauen

Mein Onkel liebte nicht nur Frauen, er „verschenkte" sie auch. Der Direktor der Keksfabrik ruft meinen Onkel an, sein Chef sei über die Firma sehr erbost. Er habe die Bauarbeiter, die im Tagelohn bezahlt werden, mit seinen Mitarbeiterinnen überrascht. Wütend habe er ihn angeschrieen: „Sorgen Sie dafür, dass dies nicht wieder passiert. Es ist schon schlimm, dass sie unsere Frauen bumsen, aber dass ich sie dafür noch bezahle, ist das Letzte".

Die Lage war ernst, weitere Aufträge waren gefährdet und die Keksfabrik war unser wichtigster Auftraggeber. Um das in Ruhe besprechen zu können, wurde ein Termin in Düsseldorf vereinbart. Der Direktor war damit einverstanden, er war froh, aus dem Dunstkreis der Keksfabrik einmal herauszukommen. Er nahm auch das Arbeitsessen in einem exklusiven Esslokal gerne an.

Zum vereinbarten Zeitpunkt holten wir den Herrn Direktor ab und fuhren gemeinsam nach Düsseldorf. Für uns biedere Westfalen war Düsseldorf der Inbegriff des Exklusiven. Die ausreichend „betuchte" Frau fuhr zu ihrem Frisör nach Düsseldorf, oder zum Ankleiden zu einem Modegeschäft auf der Königsallee. Es war schon fast wie Urlaub, in der besonderen Atmosphäre dieser Stadt zum Essen zu fahren.

Entsprechend gut gelaunt verliefen unsere Gespräche während der halbstündlichen Anfahrtszeit. Auf der „Kö" angekommen, steuerte mein Onkel das ausgesuchte Esslokal an. Es sah sehr einladend aus, für einen Parkplatz für unser Auto wurde sofort gesorgt. Wir wurden zu unserem vorbestellten Tisch geführt, aus den bereit liegenden Speisekarten konnten wir dann unser Essen aussuchen. Dabei verhielt sich Herr Direktor etwas zögerlich, offensichtlich waren ihm solch hohe Preise nicht geläufig. Mein Onkel ergriff die Initiative und empfahl uns ein bestimmtes Menü, das wir dann auch bestellten.

Das empfohlene Menü war zwar nicht besonders reichhaltig, dafür aber sehr vielgestaltig und es schmeckte wirklich gut. So waren wir längere Zeit nur mit dem Essen beschäftigt, ohne uns groß unterhalten zu können. Endlich wurde das Essgeschirr abgeräumt und mit einem Glas Wein konnte das geschäftliche Gespräch beginnen. Oder nun doch noch nicht?

Am Nebentisch hatte gerade eine gut gekleidete und hübsch aussehende Dame Platz genommen. Mein Onkel sprang auf, ging sofort zu dieser Dame und umarmte sie freudig: „Das gibt es doch nicht, bist Du es wirklich, wie lange haben wir uns nicht mehr gesehen" und zu unserem Tisch gewandt: „ Darf ich Ihnen eine sehr liebe Bekannte von mir vorstellen"? und bat sie am gemeinsamen Tisch Platz zu nehmen. So saßen wir dann bald zu viert am Tisch, bestellten noch ein Weinglas und prosteten uns zu. Mein Onkel hatte zuvor seinen Platz gewechselt, so dass die Dame Herrn Direktor gegenüber saß und ich an ihrer linken Seite.

Wer war diese Frau? eine seiner „Püppis" war sie sicherlich nicht. Da ich keinen direkten Blickkontakt hatte, konnte ich sie ausführlich bemustern. Alles an ihr war dezent und perfekt, Ihr schickes helles Sommerkostüm bedeckte ihre Knie, die dunkelblauen Schuhe hatten halbhohe Absätze. Das Gesichtsmakeup war unauffällig, aber unterstrich gut ihre schönen Augen. Und diese Augen waren das Auffälligste an ihr, etwas grün schimmernd, hatten ihre Augen eine faszinierende Ausstrahlung. Ich schätzte ihr Alter auf Mitte Vierzig, also etwas zu alt für mich, aber ich stand ja nicht zur Debatte. Anders die beiden älteren Knaben, sie genossen offensichtlich die Faszination dieser Frau. Mit jedem Glas Wein wurden die Gespräche immer vertraulicher. Herr Direktor erzählte bereitwillig über seine verantwortliche Tätigkeit und den Erfahrungen mit seinen zweitausend weiblichen Angestellten. Nach etwa zwei Stunden drängte mein Onkel dann zum Aufbruch. Bei der Verabschiedung bekam ich dabei mit, wie die hübsche Dame dem Direktor ins Ohr flüsterte: „Können wir uns nicht mal wiedersehen" und ihm dabei ihre Visitenkarte in die Jackentasche steckte.

Auf der Rückfahrt blieb Herr Direktor stumm, er schien offensichtlich beeindruckt. Für das vorgesehene geschäftliche Gespräch hatte er jetzt auch kein Interesse mehr. So lieferten wir ihn fast stillschweigend zu Hause ab.

Nach einigen Tagen rief der Direktor meinen Onkel wieder an." Ich bin Ihnen ja so dankbar, über Sie habe ich die schönste Frau meines Lebens kennen gelernt. Ich kann es immer noch nicht richtig glauben, aber sie ist so nett zu mir und sagt, dass sie mich sehr gerne mag". Der zum Direktor gewordene biedere Bäckermeister hatte wie von meinem Onkel vorgesehen reagiert. Die hübsche Dame war nicht zufällig in unserem Esslokal. Ich hatte es zwischendurch schon geahnt, war aber über dieses „Spielchen" nicht informiert worden. Der gutgläubige Direktor tat mir leid, ich machte mir Sorgen, wie diese „Liebe" beendet werden würde. Ich konnte nur hoffen, dass diese perfekte Dame, dieses Problem auch elegant lösen konnte. Die Edelnutte aus Düsseldorf ließ sich das sehr gut bezahlen, aber die Probleme mit der Keksfabrik waren bei uns vom Tisch.

Ein Großauftrag

In dem noch so variantenreichen Geschäftsleben bleibt immer noch das Geld das wichtigste Medium, aber als Geschenk eher verpönt. Es sei denn, die Beträge sind groß genug und die Verkleidung ist unauffällig. Nicht nur in der Autobranche, auch in der Baubranche gibt es dafür gute Möglichkeiten.

Das größte ansässige Stahlwerk plante eine sehr umfangreiche Erweiterung, eine so genannte Feineisenstraße, für die eine Kette von neuen Gebäuden erforderlich wurde. Für unser mittelständiges Unternehmen war diese Baumaßnahme zu groß, wir hatten keine Chancen gegen die Großfirmen zu konkurrieren. Aber mein Onkel ließ sich dazu etwas einfallen und ein besonderer Umstand half ihm dabei. Der für den Neubau zuständige Leiter im Stahlwerk plante gleichzeitig sein neues Wohnhaus. Einfamilienhäuser waren zwar nicht unser „Junger", jedoch bestand hier die Konkurrenz aus kleineren Firmen. Und wenn wir die unterbieten, ist uns der Auftrag sicher.

So auch hier, wir bauten dieses Wohnhaus. Die Endsummen von Angebot, Auftrag und Abrechnung sind nicht identisch und im gewissen Umfang auch vom Wohlwollen der Beteiligten abhängig. Hier paarte sich das

Wohlwollen beider Seiten. Ohne es zu fordern, wurde von uns ein Entgegenkommen erwartet und für unsere Wünsche ergab sich die erwartete Gesprächsbereitschaft.

Die preisgünstigsten Bieter für die Feineisenstraße waren zwei Weltfirmen, die in einer Arbeitsgemeinschaft das Bauvorhaben ausführen wollten. Wir erreichten mit Hilfe des Auftraggebers als gleichberechtigtes Mitglied in diese Arbeitsgemeinschaft aufgenommen zu werden. Den Widerstand der Großfirmen konnten wir dadurch beenden, dass wir den überwiegenden Teil der Arbeitskräfte stellten. Mit unseren ansässigen Arbeitskräften ersparte sich die Arge, die sonst fälligen Auslösungskosten für auswärtiges Personal. Es wurde unsere größte Baustelle, und wir erhielten später auch noch weitere Aufträge im Stahlwerk.

War das nun Bestechung oder unternehmerisches Können? Sicherlich war die Absicht zur Bereicherung vorhanden, aber keineswegs ein Strafbestand mit der Schädigung eines Dritten. Niemand wurde geschädigt, Jeder Beteiligte hatte nur Vorteile. Selbst die beiden Großfirmen, die ein Drittel ihres Auftrages abgeben mussten, hatten einen Vorteil. Durch die eingesparten Auslösungskosten war ihr Gewinnanteil größer, als er ohne unsere Beteiligung gewesen wäre.

Warum Preisabsprachen

Die Geschäftsmethoden in der Baubranche haben generell einen schlechten Ruf. Diese Einschätzung besteht auch zu Recht, da hier sehr häufig gegen Recht und Ordnung verstoßen wird. Es ist aber nicht angebracht, das zu verallgemeinern und alle am Bau Beteiligten bereits als halbe Verbrecher einzustufen. Die Medien bauen in ihren Krimis schon seit langem auf dieser Meinung auf. Werden skrupellose Verbrecher dargestellt, sind es entweder Drogenhändler oder Bauunternehmer und der Intelligenzverbrecher ist häufig ein Bauingenieur. Ich kann die kritisierte Baukultur nicht besser reden als sie ist, aber ich möchte für den Außenstehenden die Zusammenhänge etwas relativieren.

Nehmen wir zum Beispiel das Problem der Preisabsprachen. Aus rechtlicher Sicht ist jede Preisabsprache ein Verstoß gegen die Rechtsordnung und kann bestraft werden. Obwohl allen Beteiligten das sehr klar ist, kommt es immer wieder zu solchen Absprachen, und häufiger, als allgemein bekannt ist. Warum geschieht das so häufig, und warum nehmen verantwortbewusste Menschen das Risiko einer Bestrafung in Kauf? Zudem sind es nur in seltenen Fällen die Inhaber selbst, die an Absprachen teilnehmen. Es sind überwiegend Angestellte, die dieses Risiko auf sich nehmen und sogar in vielen Fällen ohne Wissen Ihres Chefs.

So auch bei meinem Onkel, er wollte von Preisabsprachen nichts wissen, aber überließ es mir, die erforderlichen Aufträge zu beschaffen. Mir fiel es nicht schwer, an Absprachen teilzunehmen. Auf der Hochschule war mir beigebracht worden, dass es überall Preisabsprachen gibt. Ich erinnere mich an das damals angeführte Beispiel Zahnpasta, wo nur durch Preisabsprachen der überhöhte Verkaufspreis erhalten wird, der Verkaufspreis sei ein Vielfaches höher als der Inhaltswert. Und das mit gesetzlicher Unterstützung, wobei die Unterbietung des Festpreises verboten ist. So gesehen würde gesetzlich mit zweierlei Maß gemessen, wenn die Preisabsprachen in der Baubranche bestraft werden. Diese Rückbesinnung verringerte zwar nicht mein Risiko, aber ich hatte kein schlechtes Gefühl dabei, Preise abzusprechen.

Zu einem großen Teil ist unsere Vergabepraxis daran mitschuldig. Mit ganz wenigen Ausnahmen bekommt immer der Billigste den Auftrag. Es macht zuviel Mühe, zu prüfen, ob er das auch kann, er könnte sich auch mit einer Klage wehren. Aber diese allgemein übliche

Praxis ist ein klarer Verstoß gegen die VOB. VOB Teil A, § 2, Satz 1: „Bauleistungen sind an fachkundige, leistungsfähige und zuverlässige Bewerber zu **angemessenen** Preisen zu vergeben".

Ich habe es mehrmals miterleben müssen, dass Aufträge an Firmen vergeben wurden, die mit Notpreisen ihre Insolvenz verzögern wollten. Den Schaden hatten zwar meist die Auftraggeber selbst, aber die Aufträge waren weg und die nächsten Preise sind erst einmal im Keller. Was kann man als Benachteiligter dagegen tun? Den Auftraggeber zu verklagen, ist sinnlos, unsere Bauverbände haben keine Befugnis, hier einzugreifen. Liegt es da nicht nahe, dass die Unternehmer in Selbsthilfe versuchen sich untereinander zu verständigen?

Das soll jetzt kein Freibrief für Preisabsprachen sein, es soll nur erläutern, warum bei Absprachen kein Schuldgefühl vorherrscht. In einigen Ländern hat man versucht dieses Problem zu verbessern, indem man nicht dem Billigsten, sondern dem Dritten den Auftrag erteilt. Inwieweit sich das bewährt hat, ist mir nicht bekannt.

In bestimmten Marktsituationen kann eine Absprache sogar positive Auswirkungen für alle Beteiligten haben. Es war in einer Zeitphase der Hochkonjunktur auf dem Baumarkt. Fast alle Baufirmen waren auf Monate mit Aufträgen eingedeckt. Es wurde so kalkuliert, möglichst nicht in Auftragsnähe zu kommen, und wenn überhaupt, nur mit hohen Preisen.

Der Leiter eines Bauamtes bat mich zu einem Besuch. Unerwartet forderte er mich ganz offen zu einer Preisabsprache auf: „Seht zu, dass Ihr unter Euch eine Firma findet, die zu einem normalen Preis den nächsten Auftrag ausführt. Hier sind die beteiligten Firmen. Gelingt Euch das nicht, hebe ich die Ausschreibung auf und versuche es mit auswärtigen Firmen". Das war nun ganz was Neues, der Auftraggeber bittet um eine Preisabsprache. Das tat er natürlich nicht aus Freundschaft, sondern aus seiner Not, mit dem bewilligten Budget nicht mehr auszukommen.

Aus einigen früheren Zusammenkünften kannten wir uns alle sehr gut. Es war trotzdem schwierig, einen Bereitwilligen zu finden, zudem wir auch den Preis auf das gewünschte Niveau herunterhandeln mussten. Aber es klappte wie vorgesehen, wir mussten aber diese Prozedur noch ein paar Mal wiederholen. Das war eine konsequente Preisregulierung nach unten.

Allerdings nicht viel anders läuft es bei den sonstigen Absprachen. Auch hier wird der Preis nach unten reguliert. Auch der Wettbewerb geht bei Preisabsprachen nicht verloren, er verläuft nur anders. Anstelle von „blindem" Wettbewerb, bei dem niemand weiß, was der andere bietet, verläuft hier der Wettbewerb mit „offenen" Zahlen. Sobald ein Teilnehmer alle anderen überzeugt hat, für den Auftrag „heraus gestellt" zu werden, muss er sich gefallen lassen, dass sein Abgabepreis auf eine bestimmte Höhe reduziert wird. Und alle daran Beteiligten sind nicht nur Fachleute, die Preise beurteilen können, sie sind auch härteste Konkurrenten. Ich erinnere mich an einen naiven Ausspruch, mit dem einer versuchte, seinen Preis höher zu halten: „Gönnen muss man können". Aber hier gönnt niemand dem anderen etwas, hier wird niemanden etwas zugestanden, was nicht unbedingt erforderlich ist.

So kenne ich die Preisabsprachen, an denen ich teilgenommen habe. Leider verlaufen aber nicht alle Absprachen nach diesem Schema. Es besteht schon die Gefahr, dass durch Absprachen die Auftragspreise sehr stark in die Höhe getrieben werden können. Ein besonders krasses Beispiel dafür, war die Auftragsvergabe für den Bau eines großen Schutztunnels. Hier hatten sich einige Großfirmen zusammen getan und mit der Begründung eines sehr hohen Risikos, die Preise fast verdoppelt. Da die kleineren Firmen nicht abgeschüttelt werden konnten, wurden sie in die Arbeitsgemeinschaft in irgendeiner Form mit eingebunden. Alle Firmen, die für ein Angebot aufgefordert waren, wurden so berücksichtigt.

Der Auftrag wurde zwar erteilt, musste aber nach einer gutachtlichen Preisprüfung annulliert werden. Allerdings waren die Arbeiten da schon zu weit fortgeschritten und der Fertigstellungstermin musste eingehalten werden. Es blieb keine andere Möglichkeit, als sich mit den beteiligten Firmen preislich zu arrangieren. Die Auseinandersetzungen konnten erst nach einigen Jahren beendet werden.

Ich möchte noch einmal betonen, dass Preisabsprachen rechtlich verboten sind und ich daran nichts aufweichen will, auch wenn ich selbst daran teilgenommen habe. Mir geht es darum aufzuzeigen, wie problematisch es für den Bauunternehmer ist, einen Auftrag mit angemessenen Preisen zu erzielen. Um überhaupt an einen Auftrag zu kommen, müssen jedes Mal alle anderen Mitbewerber unterboten werden. Dieser Wettbewerb verläuft zu einseitig zu Gunsten des Auftraggebers. In Zeiten mit schwacher Konjunktur bereichert sich der Auftraggeber ganz legal durch Billigpreise zu Lasten des Auftragnehmers. Der angemessene Preis steht leider nur auf dem Papier der VOB. Diese Verdingungsordnung ist ein verbindlicher Bestandteil der Angebots- und Vertragsunterlagen, aber über solche Vertragsbrüche regt sich niemand auf, das ist nun mal so üblich. Und wenn diese Üblichkeit sich nicht ändert, wird es auch weiterhin Preisabsprachen geben.

Der Kauf eines Fertigteilwerkes

Trotz gut funktionierender Autohäuser, blieb für Onkel E. das Bauunternehmen im Mittelpunkt. Gab es neuartige Baugeräte oder neue Bauverfahren, wir waren dabei. Als der Fertigbeton in Mode kam, bauten wir uns auf dem Lagerplatz ein eigenes Mischwerk auf. Beton mischen und einbauen in allen möglichen Varianten, das war uns geläufig. Ihn aber über längere Strecken zu transportieren war für uns neu. Etwas blauäugig transportierten wir ihn in wasserdichten Kübelwagen. Das ging zwar auch, aber nicht immer. Nachdem wir uns einige Male blamiert hatten, weil der Beton nicht mehr aus dem Lkw gekippt werden konnte und herausgehackt werden musste, gaben wir auf. In die teuren Mischfahrzeuge wollten wir nicht mehr investieren.

Dafür hatte der Fertigteilbau unser Interesse geweckt. Die ersten Fertigteile bezogen wir aus dem Betonfertigteilwerk in Xanten. Nachdem wir auf einigen Baustellen mit dem Einsatz von Fertigteilen gute Erfolge hatten, wollte mein Onkel mehr. Er wollte das Werk kaufen, oder sich zumindest daran beteiligen. Wie so häufig, hatte auch hier Onkel E. den richtigen „Riecher" für ein interessantes Geschäft. Der Inhaber des Fertigteilwerkes hatte ein teures Hobby. Er baute in großem Umfang Rosen an, und zwar auf Teneriffa. Vor allem in der kalten Jahreszeit war das in Deutschland ein blühendes Geschäft. Aber das Risiko war sehr groß, auch auf Teneriffa gab es Wettereinbrüche, die mit einem Schlag alle Anpflanzungen zunichte machen konnten. Und dies war gerade passiert, als der Inhaber auf eine Beteiligung angesprochen wurde.

Er brauchte dringend viel Geld, und war froh, mit dem Geld aus der Beteiligung an seinem Werk, sich retten zu können. Durch die Beteiligung und durch den verstärkten Kauf von Fertigteilen kamen wir auch in Kontakt zum Personal des Werkes. Der Werksleiter war ein junger, offensichtlich sehr fähiger Ingenieur. Er war der eigentliche Kopf des Werkes, der Inhaber war mehr an seinen Rosen interessiert, als an seinem Fertigteilwerk.

Hier sah Onkel E. seine nächste Chance: Er versprach dem Werksleiter, ihn zum Geschäftsführer mit eigener Beteiligung zu machen, sobald ihm das möglich ist. Und diese Möglichkeit entstand dann auch bald. Wieder einmal fiel die Rosenernte aus, und wieder einmal brauchte der Inhaber dringend Geld. Dieses Geld bot ihm jetzt sein Werksleiter an, in Form einer Beteiligung. Seine Bank war nicht bereit, weitere Kredite zu gewähren, es blieb dem Inhaber keine andere Wahl, als eine weitere Beteiligung zu akzeptieren. Dabei übersah er, oder nahm es notgedrungen auch in Kauf, dass er durch die zweite Beteiligung seine eigene Mehrheit verloren hatte. Dass das Geld des Werksleiters auch von meinem Onkel kam, konnte er nicht ahnen. Nachdem er sich damit abgefunden hatte, in seinem Werk praktisch nichts mehr bestimmen zu können, verkaufte er auch den Rest seiner Beteiligung und widmete sich dann ganz seinen Rosen

. So bekamen wir zu „Vorzugspreisen" unser erwünschtes, eigenes Fertigteilwerk. Zusammen mit dem neuen Geschäftsführer besichtigte ich dann einige führende Betonfertigteilwerke in der Schweiz. Mit dieser Erfahrung konnten wir dann unser Werk auf den neuesten Stand bringen. Trotz sehr guter Erträge, wurde das Fertigteilwerk nach einiger Zeit wieder verkauft. Ich konnte nicht nachvollziehen warum Onkel E. das machte. Möglicherweise brauchte er auch mal mehr Geld.

Aber es kann auch an seiner Marotte gelegen haben, mit Verkaufsabsichten zu spielen. Er wollte immer wieder wissen, welchen Wert er besitzt. Selbst sein geliebtes Bauunternehmen hat er mehrmals zum Verkauf angeboten. Er genoss es offensichtlich, mit Kaufinteressenten zu verhandeln, ohne tatsächlich verkaufen zu wollen. Im Mittelpunkt stand dabei immer der ideelle Firmenwert, den man nur einschätzen und kaum beziffern kann. Und diese Einschätzung wollte er von verschiedener Seite hören. Das war ihm so wichtig, dass er renommierte Unternehmensberater damit beauftragte und enorme Honorare dafür bezahlte.

Das Seltsame an meinem Onkel

Ob er das aus Geltungsbedürfnis tat, oder aus mangelndem Selbstbewusstsein, kann ich nicht beurteilen. Es war so manches seltsam und gegensätzlich bei meinem Onkel. Sein äußerer Rahmen war immer auf höchstem Niveau gestaltet, sei es Kleidung, Einrichtung oder auch Geschenke. Sein Essen und Trinken war aber eher spartanisch, es sei denn, er hatte Gäste eingeladen. Alkohol trank er fast nie, ich habe ihn nie angetrunken erlebt, auch Rauchen kam für ihn nicht in Frage. Sein Standardgetränk war Selterswasser, gelegentlich mit einem Schuss Weinbrand.

Wenn wir gemeinsam unterwegs waren, gab es nichts zum Essen, auch wenn es den ganzen Tag dauerte. Manchmal hielt er an, um etwas einzukaufen. Und was brachte er mit? Nur ein Tütchen mit Salmiakpastillen. Wenn ich die nicht mochte, konnte ich mir einen englischen Drops aus der Dose nehmen, die immer in seinem Autofach lag.

Häufig nahm er auch seinen kleinen Sohn im Auto mit. Fränki war ein aufgewecktes Kerlchen, aber er verhielt sich immer brav und störte nicht. So war er auch dabei, als mein Onkel einen wichtigen Auftraggeber zu einem Termin abholte. Dort angekommen, war es noch zu früh für den vereinbarten Termin. Als mein Onkel dann fragte: „Was machen wir jetzt bis dahin? kam von hinten eine leise Stimme: „Gehen wir doch erstmal in den Puff, dann haben wir es hinter uns". Das war schon sehr peinlich, der Fünfjährige hatte diesen Spruch wohl irgendwann aufgeschnappt und fand ihn sehr witzig.

Sein fast spartanisches Essen und Trinken hatte mit Sparsamkeit nichts zu tun, mein Onkel tat es aus reiner Sorge um seine Gesundheit. Krankheiten waren für ihn etwas Böses, vor dem man sich hüten muss. Das ging soweit, dass er mir vor einer Verhandlung zuflüsterte: „ Sei vorsichtig, der ist unberechenbar, der hat nur einen Arm". Oder er ermahnte mich: „Heirate nie eine Frau, die Probleme mit ihrem „Apparat" hat, das wird nie wieder besser".

Er ließ sich vorsichtshalber regelmäßig und in kurzen Abständen von seinem Hausarzt untersuchen. Einmal im Monat fuhr er zu einem naturheilkundigen Arzt und ließ sich alternativ behandeln. Und jeden Morgen kam eine Physiotherapeutin für eine Ganzmassage. So ganz gesund war er aber auch nicht. Hin und wieder bekam er einen Schwächeanfall. Es sah nach Überarbeitung aus. „Stell Dir vor", sagte er eines Tages zu mir, "dieser Idiot hat mir ein starkes Herzmittel verschrieben und mir dringend eine Kur empfohlen. Und was hat Dr. F. jetzt festgestellt? es ist nur eine leichte Unterzuckerung. Ein Stückchen Brot zur rechten Zeit, reicht völlig aus". Diese „Verschreibung" reichte tatsächlich aus. Er trug seitdem immer ein Stück Brot mit sich und achtete darauf, nicht zulange Essenspausen zu haben.

Die Autohäuser

Auf ähnliche Art und Weise, wie er das Fertigteilwerk erworben hat, beschaffte er sich auch sein erstes Autohaus. Das kleine Autohaus Z. war mehr eine Werkstatt als ein Autohaus. Herr Z. wollte erweitern, hatte dazu aber weder eigenes Kapital noch eine Bank, die ihm Kredit gewährte. Mein Onkel E, bot Ihm das alles an, über eine Beteiligung an einer neuen Kapitalgesellschaft. So geschah es dann auch und das Geschäft entwickelte sich.

Aber bei den Autohändlern bestand das Problem, dass der Nachlass der Autohersteller von der verkauften Stückzahl pro Jahr abhängig war. Und der war bei geringen Verkaufszahlen ebenso sehr gering und steigerte sich mit dem höheren Umsatz auf etwa einem Viertel des Verkaufspreises. Zudem mussten halbjährig im Voraus die Wagen beim Hersteller bestellt, abgenommen und eingelagert werden. Das bedeutete, immer mehr zu erweitern und mehr Kredite aufzunehmen. Für Herrn Z. war dies jedoch nicht möglich. Nach einiger Zeit gab er auf und ließ sich abfinden.

Nach einigen Erweiterungen des Autohauses waren an diesem Standort die Verkaufsmöglichkeiten ausgeschöpft. Zur Ergänzung wurde noch ein Hotel mit Restaurant angegliedert. Die Zahl der verkauften Autos pro Jahr hatte sich zwar erheblich erhöht, aber das reichte meinem Onkel nicht aus. Er wollte das Optimum der Nachlässe erreichen. Die guten Ergebnisse des Bauunternehmens gaben ihm finanzielle Sicherheit und so konnte er nacheinander noch zwei weitere Autohäuser in den Nachbarorten bauen. Damit erreichte er den erforderlichen Umsatz für den höchsten Rabatt.

Aber auch jetzt war Onkel E. immer noch nicht zufrieden. Dafür liefen die Geschäfte der Autohäuser zu gut, in jedem Fall auch einfacher und risikoloser als die Führung eines Bauunternehmens. Seine drei Autohäuser dominierten die Region, ein weiteres Viertes hätte nichts eingebracht, oder hätte in entsprechend weiterer Entfernung errichtet werden müssen. So sah er sich nach anderen Automarken um und fand auch das für ihn richtige Objekt. Das Autohaus einer Konkurrenzmarke dümpelte in einem abgewirtschafteten Gebäude dahin, der Inhaber hatte offensichtlich keine Lust mehr daran.

Der Markenhersteller war froh, einen Interessenten gefunden zu haben, der ein neues, modernes Autohaus versprach. Die einzige Bedingung bestand darin, dass mein Onkel nicht in der Geschäftsführung tätig werden durfte. So wurde ich zum Geschäftsführer eines Autohauses. Ich besuchte Schulungen und Seminare der Autobranche und musste Autos einkaufen. Das war für mich eine neue und interessante Erfahrung.

Nach einiger Zeit hatte der Hersteller jedoch Bedenken, ich war Namensträger meines Onkels und das fand man nicht so gut. Nun kam mein Schwiegervater an die Reihe. Als Kaufmann alter Schule behagte ihm nicht, pro Forma den Geschäftsführer darzustellen. Aber ein Spitzenfabrikat der Automarke als „Dienstfahrzeug" konnte ihn dann umstimmen. Nach etwa drei Monaten gab es dann einen professionellen Nachfolger. Nach etwas längerer Zeit kam sogar noch eine dritte Automarke hinzu.

Aber auch das reichte ihm noch nicht. Mein Onkel blieb weiterhin auf der Suche nach neuen Möglichkeiten. Als wir unsere Tiefbauabteilung erweitert hatten, benötigten wir größere Erdbaumaschinen. Über den Kauf von einigen Gräten entwickelte sich ein Kontakt zum Hersteller, beziehungsweise zum Großlieferanten von Caterpillarmaschinen. So ergab sich, dass wir eine örtliche Niederlassung bauten und sie an Caterpillar vermieteten.

Der Ausflug zu Pepsi Cola

Auch die Getränkeindustrie erweckte sein Interesse. Pepsi Cola plante in unserer Region einige Abfüllstationen, die wir natürlich auch bauen wollten. Um hierauf Einfluss zu bekommen, versuchte mein Onkel, sich an der neuen Niederlassung finanziell zu beteiligen. Das war nicht so einfach, wir hatten keine Fürsprecher und die Verhandlungen verliefen sehr zäh.

Die Verhandlungsrunde bestand aus Bankdirektoren und hochrangigen Managern von Pepsi Cola. Sie wollten das Geld, aber nur eine „stille" Beteiligung ohne Mitspracherechte.

So fuhren wir zum zweiten Mal für eine abschließende Verhandlung nach Köln. Wie beim vorigen Mal wurden wir in einem Besprechungszimmer im Hotel am Dom erwartet. Mein Onkel hielt seine Nervosität zurück, er wirkte eher versteinert. Die Parkplatzsuche hatte uns einige Zeit gekostet, aber wir waren pünktlich, fast zu pünktlich, wir erreichten das Besprechungszimmer etwa eine halbe Stunde vor dem Termin. Zu unserer Überraschung saßen bereits alle anderen Teilnehmer zusammen. Wir mussten daraus schließen, dass sie bereits ohne uns verhandelt, beziehungsweise sich abgestimmt hatten.

Und zu welchem Ergebnis waren sie gekommen? Bereits nach dem ersten „Gesülze", was die feinen Herren besonders freundlich von sich gaben, war mir klar, dabei kann für uns nichts Gutes heraus kommen. Nach diesem Vorgeplänkel war es dann soweit. Der Justitiar erhob sich fast feierlich aus seinem Sessel und begann mit dem Abgesang. Mit langatmigen Formulierungen wog er das Für und Wider einer Beteiligung ab und endete schließlich: „Wir freuen uns über Ihren Beteiligungswunsch, aber es sollte aus verschiedenen Gründen bei einer stillen Beteiligung bleiben".

In meinem Onkel kochte es, aber ruhig, jedoch eindringlich kam von ihm die Frage: „Ist das wirklich Ihr letztes Wort"? Darauf ein Teilnehmer: „Ja so ist es, so haben wir es beschlossen". Mein Onkel schaute noch einmal jeden Einzelnen in der Runde an, eindringlich fast bittend. Aber er empfand nur kalte Ablehnung. Dann platzte ihm jedoch der Kragen: "Wenn Ihr Euch alle so einig seid, dann könnt Ihr mich alle am Arsch lecken, von mir erhaltet Ihr keinen Pfennig", stand auf und verließ den Raum. Mir stockte der Atem, was passiert jetzt? Bis ich dann auch ging, passierte aber nichts. Das saß, niemand hatte damit gerechnet und alle waren erst einmal geschockt.

Wir fuhren schweigend nach Hause und versuchten das Ganze abzuhaken. Die Angelegenheit schien für uns erledigt. Aber es kam anders. Eine Woche später kam ein Anruf von Pepsi Cola. Der Anruf wurde zu mir durchgestellt: „Wir sind zu einem anderen Entschluss gekommen. Ihre Beteiligung ist uns so besonders wichtig, dass wir doch eine uneingeschränkte Beteiligung akzeptieren".

Nun lag die Entscheidung bei uns. Als erste Reaktion kam bei meinem Onkel eine klare Ablehnung, er hatte genug von diesen Leuten. Aber das Geschäftsinteresse überwog, so fuhren wir ein weiteres Mal nach Köln und unterschrieben den Beteiligungsvertrag. Für mich war es schon erstaunlich, dass man sich mit solch einer drastischen Abart durchsetzen kann. Vermutlich hat mein Onkel auch deshalb zugestimmt, um mir zu zeigen, dass besondere Situationen auch besondere Reaktionen erfordern, wenn man Erfolg haben will. Mit dieser Beteiligung wurden wir aber nicht glücklich. Der Neubau der Abfüllstation fand ohne uns statt, die Beteiligung haben wir dann wieder veräußert.

Der böse Pastor

Onkel E. hatte das Glück und das Können, dass praktisch alle Vorhaben, die er anpackte auch erfolgreich wurden. Fast alle, einmal hatte er geschlafen, oder besser gesagt, war er zu leichtgläubig, entgegen seiner sonstigen Vorsicht. Es war ja auch ein Pastor und einem Pastor müsste man doch vertrauen können, so glaubte er jedenfalls vorher. Danach riet er mir: „Wenn du einem Pastor die Hand gibst, dann zähle danach vorsichtshalber Deine Finger". Besagter Pastor bewohnte ein großes Herrenhaus, umgeben von einem kleinen Park, auf einem großflächigen Grundstück.

Auf diesem Grundstück ließ er von uns eine Wohnanlage bauen. Als wir den Rohbau fertig gestellt hatten, platzte die Finanzierung, wir blieben auf Forderungen von mehreren Millionen DM sitzen. Warum das so lange unbemerkt blieb, konnte ich nicht nachvollziehen. Vermutlich hatte Onkel E. sich täuschen lassen, das Haus mit dem großen Gründstück als Sicherheit anzunehmen. Nur war Haus und Gründstück bis zum Rand schon belastet. Herr Pastor war ein krankhafter Spieler und hatte sein gesamtes Vermögen bereits verzockt. Nach diesem Vorfall wurde er strafversetzt und durfte an seiner neuen Wirkungsstätte seltsamerweise Pastore ausbilden.

Durch die Gewinne der Unternehmen war schon Eigenkapital vorhanden. Aber für die fortgesetzten Erweiterungen waren umfangreiche Kredite erforderlich und eine wohlwollende Bank. Aber auch dafür stellte Onkel E. rechtzeitig die Weichen. Der Direktor unserer Hausbank war auch unser Berater in finanziellen Angelegenheiten. Wir ließen ihn unsere Vorhaben beurteilen und beauftragten ihn gelegentlich mit dem Erstellen von Gutachten. So erhielten wir auch bei der Pastorenaffäre, die erforderlichen Kredite, unser unbezahltes Bauvorhaben zu ersteigern und für uns fertig zu bauen.

Der Hellseher

Einer der einflussreichsten Menschen für meinen Onkel war Herr H. Herr H. war Graphologe und Hellseher und wohnte etwa eine halbe Autostunde von uns entfernt in einem Dorf. Viele einflussreiche Unternehmer nahmen seine Hilfe in Anspruch, so auch mein Onkel. Und mein Onkel war ein wichtiger Kunde für Herrn H. er kam sehr häufig zur Beratung, zahlte sofort in bar und brachte zum Dank wertvolle Geschenke mit.

Auf dieser freundschaftlichen Basis konnte man vieles erfahren, zum Beispiel auch die Erweiterungs- und Baupläne einiger Auftragsgeber. Darunter war auch unser wichtigster Auftraggeber, eine große Keksfabrik. Und wenn Herr H. dem Inhaber dieser Fabrik zuriet, weiter zu expandieren wurde auch gebaut und wir bekamen weitere Aufträge. Dabei muss man aber beachten, dass Herr H. nicht nur meinem Onkel zuliebe zuriet, sondern auch aus seiner hellseherischen Überzeugung. Und er hatte damit auch Recht, die Expandierung der Keksfabrik führte bald zu einer gewinnbringenden Marktbeherrschung.

Ich hatte die Ehre, drei volle Tage mit Herrn H. zu verbringen. Und das kam so: Im Zusammenhang mit der Erpressung wurden zufällig handschriftliche Unterlagen des Erpressers gefunden. Spielende Kinder hatten in einem Waldstück eine provisorische Hütte entdeckt. Die benachrichtigte Polizei nahm sich der Sache an und wollte die Hütte überprüfen. Als sie bei der Hütte ankamen, floh jemand aus dieser Hütte, und konnte nicht gefasst werden. Aber er konnte vorher nicht alles beseitigen und ließ ein beschriebenes Blatt zurück. Aus diesem Schreiben schloss man, dass es der Erpresser gewesen sein musste.

Wir hatten jetzt seine Handschrift und mussten versuchen, diese Handschrift in anderen Unterlagen wieder zu finden. Dazu sammelten wir alle aufzutreibenden Unterschriften ein. Mit diesen Unterlagen schickte mich dann mein Onkel zu Herrn H., der die Handschrift des Erpressers mit den Unterschriften vergleichen sollte. Das war eine mühselige Arbeit, wir hatten ja nur Unterschriften und die sind nur andeutungsweise mit dem sonst Geschriebenen identisch. Aber wir hofften auf die hellseherischen Gaben von Herrn H., etwas Vergleichbares zu finden. Nach drei Tagen gaben wir auf, entweder wir hatten etwas übersehen, oder der Täter kam nicht aus unserem prüfbaren Umfeld.

Meine Meinung zu hellseherischen Aussagen war ohnehin nicht besonders positiv gewesen. Auch die vermeintlichen Beweise für die Fähigkeit von Herrn H. konnten mich nicht überzeugen. So soll er einer Frau eine vorzeitige Notgeburt vorausgesagt haben, und einem Kunden geraten haben, jetzt sofort nach Hause zu fahren, wo er seine Frau mit einem Liebhaber überraschen werde. Meine Skepsis kam aber dann doch etwas ins Schwanken. Herr H. hatte die Gewohnheit, nach dem Frühstück tagsüber nichts mehr zu essen. Dafür trank er viele Tassen Kaffee, dazu auch einige Gläschen Weinbrand und rauchte ununterbrochen.

Es war am zweiten Tag unserer gemeinsamen Arbeit, als wir wieder einmal eine Kaffeepause einlegten. Herr H. sah aus dem Fenster und sprang plötzlich auf. „Dieser Mann da ist todkrank und muss sofort ins Krankenhaus" rief er mir zu und rannte auf die Straße hinter einem Mann her. Als er zurück kam, sah er erschöpft und traurig aus. „Er wollte von mir nichts hören und hat mich als Spinner bezeichnet" Als ich am nächsten Tag wieder ankam, sagte mir seine Frau, der Nachbar sei diese Nacht unverhofft gestorben, ihren Mann hätte das sehr aufgeregt und er käme etwas später. Ich musste ihn dann sogar trösten, da er sich Vorwürfe machte, sich nicht durchgesetzt zu haben.

Mein Interesse an der Hellseherei war nun doch erwacht. Jetzt wollte ich auch über mich etwas erfahren. Herr H. besah sich gründlich meine Hände und meinte: „Die Reichtumszeichen Ihres Onkels haben Sie nicht, aber Sie werden sich selbständig machen und auch Erfolg haben". Dann wurde er sehr ernst: „Fahren Sie bitte nie ein Motorrad, das würde Sie in Lebensgefahr bringen, im Auto sind Sie sicher. Allerdings werden Sie bald in einen schweren Unfall verwickelt, Sie werden aber nicht verletzt". Ich blieb immer noch skeptisch, war aber in der nächsten Zeit sehr aufmerksam.

Und wenn sich das Vorhergesagte nach vier Wochen tatsächlich so abspielt, dann kann man schon ins Grübeln kommen. Auf der Hinfahrt nach Hannover herrscht viel Verkehr auf der Autobahn, aber die linke Fahrbahn ist frei und ich kann mit zügigem Tempo fahren. Als ich sehe, dass sich vor mir ein Stau aufbaut, bremse ich ab. Im selben Moment knallt es und ich werde ruckartig in meinen Sitz gedrückt und kann weder bremsen noch lenken. Aber mein Auto fährt weiter geradeaus, beziehungsweise rutscht an den Leitplanken etliche Meter entlang, bevor es zum Stehen kommt.

Mein Hintermann war wohl zu dicht aufgefahren und fast ungebremst auf meinen Wagen geknallt. Der Aufprall war bei mir hinten rechts, entsprechend wurde mein Wagen nach links geschleudert, aber da waren ja die Leitplanken. Bei meinem Hintermann war da nichts, er drehte sich quer und überschlug sich. Seine Verletzungen waren zwar auch nicht schwer, aber sein Auto war Schrott und er auch noch alkoholisiert.

Herr H. hatte also Recht mit seiner Prophezeiung. Dass ich mich irgendwann selbständig machen würde stimmte auch. Nur seine Lottoempfehlung ist nicht aufgegangen. Ich habe zwar nicht gespielt, aber seine Zahlen über Jahre verfolgt. Mehr als einmal drei Richtige konnte ich nicht feststellen. Nun würde Herr H. sicherlich sagen, wer nicht spielt, der kann auch nichts gewinnen.

Nach der geplatzten Geldübergabe an der Talsperre hat sich der Erpresser nicht mehr gemeldet. Zumindest habe ich davon nichts mehr erfahren. Möglicherweise hatte er erreicht, was er wollte, meinem Onkel unter Druck zu setzen und ihm Angst zu machen. Es ist aber gut möglich, dass sich Onkel E. mit ihm arrangiert hat. Nach seinem Verhalten könnte man das vermuten, über den Erpresser wurde nicht mehr gesprochen. Es trat wieder Ruhe ein, auch die Kinder kamen wieder nach Hause.

Danke, lieber Onkel

So war das eben zwischen meinem Onkel und mir. Gegenseitiges Vertrauen war schon da, aber auch nicht immer. Dieses Verwandtschaftsverhältnis hat seine eigenen Gesetze. Ein Onkel ist halb Vater und halb Fremder und ich empfand ihn mit der Zeit immer mehr als einen Fremden. Bei aller Bewunderung für sein geschäftliches Können, empfand ich manches, was er tat, vor allem wie er es tat, recht widerlich. Trotzdem konnte er sich auf mich verlassen, dass ich ihn in allem unterstützte, auch wenn es manchmal viel Überwindung kostete.

Ich musste ihm für vieles dankbar sein. Er hatte mein Studium finanziell unterstützt und ebenso nach dem Abschluss meiner Diplomprüfung auch eine längere Volontärzeit in einer Bau AG. Er bedrängte mich, nach meinem Studium auch noch zu promovieren. Er selbst hatte „nur" den Abschluss einer Ingenieurschule und Titel waren für ihn etwas Besonderes. Also bemühte ich mich, den Doktortitel zu erwerben. Ich fand an der Universität in Graz einen „Doktorvater" und auch ein interessantes Thema: Den Vergleich der Baukosten zwischen Österreich und den Niederlanden. Auch ein auskömmliches Honorar war dafür bereitgestellt. Dazu hätte ich aber einige Monate im Ausland verbringen müssen. Und das passte wiederum nicht in das Konzept meines Onkels. Genau in dieser Zeit war durch die Pastorenaffäre das Bauunternehmen in Schwierigkeiten gekommen. Mein Onkel glaubte mich dringend in der Firma zu benötigen und ich tat ihm den Gefallen und verzichtete auf meine Doktorarbeit.

In seinem Bauunternehmen wurde ich der Juniorchef und durfte sehr früh verantwortliche Positionen übernehmen. Ich glaube, dass ich diesen Aufgaben immer gerecht wurde, zumindest brachten meine Bereiche die größten Gewinne innerhalb der Firma. Mein Kontakt zu den Mitarbeitern war an sich sehr gut, nur mit den Bauarbeitern hatte ich zunächst Probleme. Wenn ich auf eine Baustelle kam, spürte ich irgendwie eine Ablehnung der Leute. Nachdem ich mich mit einem meiner Poliere etwas angefreundet hatte, fragte ich ihn: „Haben die Leute etwas gegen mich, oder täusche ich mich"? „Das kann ich Dir erklären, Du beachtest sie nicht, sie glauben Du fühlst Dich zu fein, um mit ihnen zu reden". Das saß tief und er hatte so Recht. Ich war zwar überzeugt, dass ich weder arrogant noch überheblich war, aber mir fiel es tatsächlich schwer, mit den Leuten zu reden, ich fand keinen „Draht" zu ihnen. Es scheint eine menschliche

Schwäche zu sein, etwas abzuheben, wenn man etwas Besonderes erreicht hat. Nicht vom Verstand her, es kann einem unbewusst beeinflussen.

Bei mir dann aber nicht mehr, ich hatte bald richtige Freunde unter den Bauarbeitern und nicht nur bei einer Flasche Bier. Das trug dazu bei, ein besseres Verständnis für die jeweilige Arbeitssituation zu bekommen. Ich konnte so auch kritischer vorgehen. Mein neues Motto war: Wir haben nur gute Mitarbeiter und ich setzte dafür ein Zeichen. Zwei Poliere, die schon einigen „Murks" gebaut hatten, wurden von mir demonstrativ entlassen. Bei aller Freundlichkeit musste ich mir auch Respekt verschaffen. Wenn ich danach auf die Baustellen kam, musste ich nicht mehr nach möglichen Fehlern suchen. Die Leute kamen selbst zu mir und zeigten mir mögliche Schwachstellen.

Mein Onkel sparte nicht mit Lob und überließ mir nach einiger Zeit, weitgehend die Führung des Bauunternehmens. In den Bilanzen wurden für mich Tantiemen zurückgestellt, als Grundlage für eine spätere Beteiligung. Auch Geschenke bekam ich von ihm reichlich. Zum Beispiel Foto- und Filmgeräte, wenn er etwas Neueres für sich gefunden hatte. Eine Minox Kamera durfte ich aber nur acht Tage behalten, er brauchte sie dringend für einen wichtigen Menschen. So etwas gehörte zu seiner Art und Weise, daran hatte ich mich gewöhnt.

Auch wenn ich mit seinen Geschäftsmethoden nicht immer einverstanden war, habe ich bei meinem Onkel viel gelernt. Zum Beispiel betonte er immer wieder, dass auf der Baustelle das Geld verdient wird und nicht am Schreibtisch. Dass der persönliche Einfluss auf die Poliere und Arbeiter so wichtig ist. Wenn größere Mengen betoniert wurden, war er meist vor mir auf der Baustelle und kontrollierte, ob auch die notwendigen Rüttelgeräte vorhanden sind. Einige Male ermahnte er mich: „Bei wichtigen Dingen reicht es nicht aus, dass Du sie beim Lagerplatz bestellst. Du musst Dich selbst davon überzeugen, ob sie auch pünktlich ankommen, das liegt allein in Deiner Verantwortung". Diese Einstellung habe ich dann auch später meinen Bauleitern eingebläut, wenn sie sich damit entschuldigten, die fehlenden Geräte doch rechtzeitig bestellt zu haben.

Mit seiner pragmatischen Einstellung zu einer wirtschaftlichen Bauausführung war Onkel E. für mich ein wichtiger Lehrmeister. Aber auch in anderen Zusammenhängen habe ich einiges bei ihm gelernt. „Du kannst so unleserlich schreiben, wie Du möchtest, aber Zahlen

müssen immer leserlich und eindeutig sein".
Seine Ermahnung habe ich nie wieder vergessen. Sogar eine kleine „Marotte" von ihm habe ich übernommen. Wenn er einen Preis einschätzte, zum Beispiel beim Kalkulieren eines Angebotes, nannte er keinen abgerundeten Betrag, sondern eine genaue Zahl. Durch seine Erfahrung waren seine Schätzungen meist schon zutreffend, aber nicht mit dem genauen Wert. Hin und wider gelang ihm jedoch ein Volltreffer, und nur das blieb in Erinnerung. So kann man auch zum Hellseher werden.

Das Ende der Freundschaft

Aber dann passierte etwas, woran ich mich nicht gewöhnen wollte. Unerwartet, ohne Vorzeichen erlitt unser Prokurist Herr S. einen tödlichen Herzinfarkt. Herr S. war ein langjähriger Freund und Geschäftspartner meines Onkels. Er hatte ganz wesentlich zum Aufbau des Unternehmens beigetragen und war die wichtigste Stütze der Firma. Er wurde an der Firma aber nicht beteiligt. Für seine Verdienste hatte ihm mein Onkel schriftlich zugesichert, dass die Firma zu seiner Verfügung ein Mehrfamilienhaus baut. Die Pläne dafür waren schon vorbereitet. Weiter erhielt er das Mietrecht auf Lebenszeit für den firmeneigenen Bungalow, den er bewohnte.

Nun war er gestorben und was wurde aus den Zusicherungen? Das war der zweite Schock für die Familie von Herrn S. Mein lieber Onkel annullierte alle Zusicherungen, beziehungsweise erklärte sie für ungültig. Ein Hauskauf, oder auch Schenkung bedarf einer notariellen Beglaubigung und die gab es nicht. In der Zusicherung des Mietrechts auf Lebenszeit stand „auf Deiner Lebenszeit" und die war jetzt beendet.

Der Familie wurde sofort gekündigt mit der Begründung eines dringenden Eigenbedarfs. Das für mich noch Schlimmere war, ich sollte sofort in dieses Haus einziehen. Ich erinnerte mich an die frühere graphologische Beurteilung. "Er kann über Leichen gehen". Früher hatte ich das bestritten, jetzt lieferte er selbst den Beweis dafür. Und über meine Leiche sollte er nicht mehr gehen können, also beendete ich die Zusammenarbeit mit meinem Onkel.

Ich gab zwar einiges auf, aber sein Verhalten war für mich unerträglich. Meine Tantiemen standen jetzt auch nur noch auf dem Papier. Immerhin gab er mir zum Abschied einen Barscheck, gegen meine Unterschrift, keine weiteren Forderungen zu stellen. Das war zwar nur ein Bruchteil von meiner Tantiemensumme, aber eine gerichtliche Auseinandersetzung schien mir zu unsicher. Wahrscheinlich wären aus meinen Tantiemen nur vorsichtige Rückstellungen geworden. Nach fünf Jahren ging für mich eine sehr interessante Lernzeit zu Ende, in der ich einiges ertragen musste, aber besonders viel erfahren konnte, wie erfolgreiche Geschäfte gemacht werden.

Der Vollständigkeit sei noch erwähnt, dass sich mein Onkel mit 73 Jahren selbst erschoss. Über das „Warum" kann man nur rätseln, geschäftliche Gründe waren das sicher nicht. Er hatte mir zwar mal angedeutet: „Wenn das mit den Frauen nicht mehr klappt, werde ich mich erschießen". Ich glaube aber eher, dass er eine unheilbare Krankheit hatte und dies bei seiner Einstellung zu Krankheiten, nicht ertragen konnte.

.

Literaturhinweise

Im Verlag BoD – Books on Demand wurden bereits folgende Bücher veröffentlicht:

Breddermann, Manfred
Arthrose, Effektive Selbstbehandlung mit der SKG-Bewegungstherapie
ISBN: 9783738644792

Breddermann, Manfred
Fit und frisch mit 80, Körperlich und geistig beweglich bleiben
ISBN: 9783738651928

Breddermann, Manfred
Magen / Darmbeschwerden, Praxis der Selbsthilfe
ISBN: 9783741251085

Breddermann, Manfred
Glauben oder Wissen, Reflexionen eines Ungläubigen zu den Grundfragen unserer Existenz
ISBN: 9783744837736

Breddermann, Manfred; Lehmann, Edith
Fühle Dich gesund und lebe, Jetzt Dein Lebensgefühl verbessern
ISBN: 9783741275616

Breddermann, Manfred
Der Fremden Kind, Von der geliebten Mutter
zur gehassten Stiefmutter
ISBN: 9783744837767

Breddermann, Manfred
Heb mal endlich Deinen Arsch und beweg
Dich, Ausgleichsübungen für unsere Sitzge-
sellschaft
ISBN: 9783744837767

Breddermann, R. Luise
Augenblicke für Dich, Gedankensplitter -
Gedichte
ISBN: 9783744820479

Breddermann, R. Luise
Lebenszeit, Episoden / Kurzgeschichten aus
dem Leben gegriffen
ISBN: 9783744837774